Giuseppe Casarini

44 gatti

disegni di Nicoletta Costa

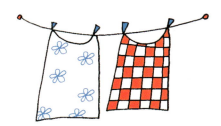

Giuseppe Casarini
44 gatti
disegni di Nicoletta Costa

della stessa illustratrice:
Via dei Matti

Nel cd il brano originale
Quarantaquattro gatti
(Giuseppe Casarini)
cantato dal Piccolo Coro dell'Antoniano
(p) 1968 su licenza Peer-Southern Productions, Italy
© Millen Edizioni Musicali

ISBN 88-88716-79-3
Prima edizione ottobre 2006

ristampa								anno				
7	6	5	4	3	2	1	0	2006	2007	2008	2009	2010

© Carlo Gallucci editore srl
Roma

galluccieditore.com

Stampato per conto dell'editore Gallucci
presso la tipografia Tibergraph di Città di Castello (Pg)
nel mese di ottobre 2006

Tutti i diritti riservati. Senza il consenso scritto dell'editore nessuna parte di questo libro e del cd allegato può essere riprodotta o trasmessa in qualsiasi forma e da qualsiasi mezzo, elettronico o meccanico, né fotocopiata, registrata o trattata da sistemi di memorizzazione e recupero delle informazioni.

Nella cantina
di un palazzone…

...tutti i gattini senza padrone

organizzarono una riunione per precisare la situazione:

44 gatti

in fila per 6 col resto di 2
si unirono compatti
in fila per 6 col resto di 2
coi baffi allineati
in fila per 6 col resto di 2

le code attorcigliate
in fila per 6 col resto di 2
6 per 7 = 42, più 2 ... 44!

Loro chiedevano a tutti i bambini,

che sono amici di tutti i gattini,

un pasto al giorno

e all'occasione
poter dormire sulle poltrone!

Naturalmente tutti i bambini
tutte le code potevan tirare,
 ogni momento a loro piacere
con tutti quanti giocherellare...

Quando alla fine della riunione

fu definita la situazione

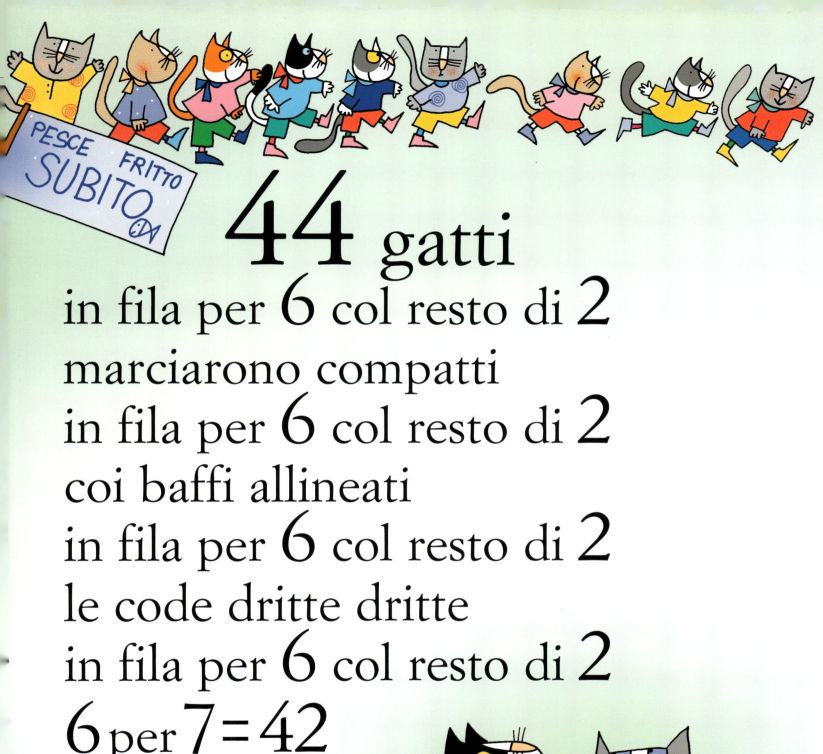

44 gatti

in fila per 6 col resto di 2
marciarono compatti
in fila per 6 col resto di 2
coi baffi allineati
in fila per 6 col resto di 2
le code dritte dritte
in fila per 6 col resto di 2

6 per 7 = 42
più 2...
44!

Ultimi volumi pubblicati:

 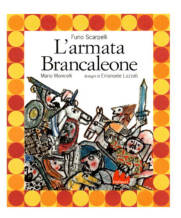

libro + Cd

"Nell'emulsionare arcieri, cavalli, corazze e pepli di gentildonne in una marmellata di colore, Luzzati sfiora il prodigio comunicativo"

Nello Ajello
La Repubblica

"I piccoli lettori trovano un sapore genuino, legato intimamente alla favola, un genere che ha superato i mutamenti delle epoche, e non è mai morto"

Alberto Bevilacqua
Grazia

"Dig" Segnalato dalla giuria del premio "Città di Roma Gianni Rodari" 2004

"Joshua possiede il grande dono di saper esprimere le emozioni con pochi tratti essenziali, sempre appropriati e ricchi di un fantastico umorismo"

Bruno Bozzetto

"Parole e disegni per viaggiare con la fantasia"

Sara Uslenghi
Vogue bambini

"Un modo per introdurre i bambini alle meraviglie artistiche, senza per questo rinunciare a raccontare una storia"

Fiorella Iannucci
Il Messaggero

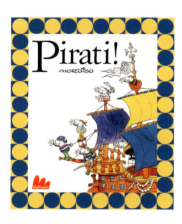 

libri + Cd

"Ecco la famosa canzone per bambini illustrata da Silvia Ziche. Da sfogliare e da cantare. Per scoprire, finalmente, che fine hanno fatto i due liocorni…!"

Elena Dallorso
Donna Moderna

"Disegni strepitosi, coloratissimi e rotondi di Mordillo"

Stefano Salis
Il Sole 24ore

"Straordinaria poesia per gli occhi"

Paolo Fallai
Corriere della Sera

libri + Dvd

"Una deliziosa favola d'altri tempi, che ci fa tornare tutti bambini"

Vincenzo Mollica
TG1

"Una bambina bionda che anche a 60 anni di distanza conserva la sua fantasia"

Anna Praderio
TG5

"Il segno di Cavandoli è ancora di un'abbacinante modernità avanguardistica"

Oscar Cosulich
L'Espresso

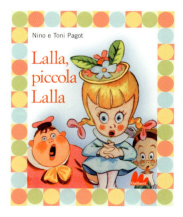 

Agli albi illustrati Gallucci è stato assegnato il Premio Andersen 2006 "per il progetto editoriale"

libri + Cd

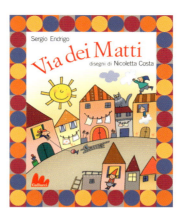

"L'*Arca di Noè* disegnata da Altan mostra come tutti gli animali - cani e gatti, volpi e galline, serpenti e uccellini - possano rinunciare a sbranarsi e stare in pace: basta avere un viaggio da fare, un orizzonte comune"

Concita De Gregorio
La Repubblica

"Ridenti disegni di Nicoletta Costa… un libro da usare, guardare e collezionare. Anche dagli adulti"

Elena Baroncini
Il Sole 24ore

libro + Cd

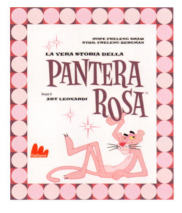
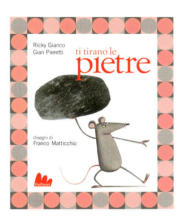

"La canzone *Pietre* è diventata una favola illustrata con umorismo e poesia da Franco Matticchio, un maestro dell'illustrazione"

Vincenzo Mollica
Tg1

"A chi voglia saperne di più consigliamo un libro appena uscito: *La vera storia della Pantera Rosa*, scritto dalle figlie di Freleng"

Maurizio Turrioni
Famiglia Cristiana

libro + Cd

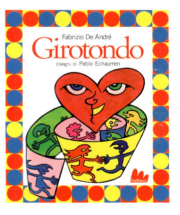
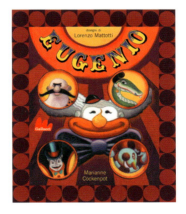

"Una favola di drammatica attualità. I bambini crederanno con i disegni di Echaurren che i soldati abbiano il naso da Pinocchio e fuggano davanti al grande cuore ammiccante dell'amore"

Fernanda Pivano
Corriere della Sera

"Coi tratti rotondi e i colori pastosi del suo arcobaleno, Mattotti narra la storia del mago dei bambini trovati"

Lara Crinò
D di Repubblica

Novità
libri + Cd

La luna è già alta e finalmente anche il leone si riposa.
Auimmoué auimmoué, auimmoué auimmoué
Gli uomini del villaggio ringraziano il cielo: ora i bambini possono dormire sereni nelle capanne.

Le lacrime di un Re bagnano il cavallo e il pianto di un Ricco innaffia la coppa di vino: l'Imperatore e il Cardinale gli hanno rubato un castello e un caseggiato.
Solo un Villano non si dispera, eppure gli hanno preso tutto…